Annette Roeder

DIE KRUMPFLINGE

Egon macht Ferien

Annette Roeder

DIE KRUMPFLINGE

Egon macht Ferien

Band 8

Mit Illustrationen von

Barbara Korthues

Dieses Buch ist auch als E-Book erhältlich.

Weitere Abenteuer von Egon Krumpfling und seinem Freund Albi Artich hat die Autorin Annette Roeder hier erzählt:
Die Krumpflinge – Egon zieht ein! (ISBN 978-3-570-15858-6)
Die Krumpflinge – Egon wird erwischt! (ISBN 978-3-570-15859-3)
Die Krumpflinge – Egon schwänzt die Schule (ISBN 978-3-570-17090-8)
Die Krumpflinge – Egon taucht ab! (ISBN 978-3-570-17123-3)
Die Krumpflinge – Egon rettet die Krumpfburg (ISBN 978-3-570-17262-9)
Die Krumpflinge – Egon wird großer Bruder (ISBN 978-570-17284-1)
Die Krumpflinge – Egon wünscht krumpfgute Weihnachten (ISBN 978-3-570-17344-2)

Verlagsgruppe Random House FSC® N001967

2. Auflage 2017

Vermittelt durch die Literarische Agentur Barbara Küper
Umschlag und Innenillustrationen: Barbara Korthues
Serienlogo: Barbara Korthues
Lektorat: Hjördis Fremgen
hf · Herstellung: AJ
Satz und Reproduktion: Lorenz & Zeller, Inning a. A.
Druck: Grafisches Centrum Cuno, Calbe
ISBN 978-3-570-17395-4
Printed in Germany

www.cbj-verlag.de

Inhaltsverzeichnis

Aus Albis Freundebuch

Vorname: Egon

Nachname: Krumpfling

Haare: babyspinatgrün und überall am Körper

Augen: glupschig

Größe: 17,3 cm, wenn ich mich strecke

Besondere Merkmale: herzförmiger Fleck rechts auf der Brust

Das bin ich:

ganz schön, gell?!

Familie: ungefähr 49 Krumpflinge, wir sind alle miteinander verwandt

Ich wohne: Krumpfburg Nr. 22, in der roten Kindergießkanne mit den weißen Punkten (der Skistiefel wär mir lieber)

Alter: weiß ich nicht, aber ich bin der Jüngste der Krumpfling-Sippe

Lieblingsessen: Schimmelpilze mit Semmelknödeln

Lieblingsgetränk: frisch gebrühter Krumpftee (am gernsten den aus Albis Schimpfwörtern)

Was mir gar nicht schmeckt: lol-Brause, bäh, da muss ich pupsen

Meine Hobbys: andere ärgern (aber so, dass sie nicht weinen müssen), schlafen, Teelöffel-Hockey spielen

Was ich einmal werden möchte: Dieb oder Ganove

Wovor ich Angst habe: Hunde und manchmal Oma Krumpfling

Meine besten Freunde: Albert Artich und sonst keiner

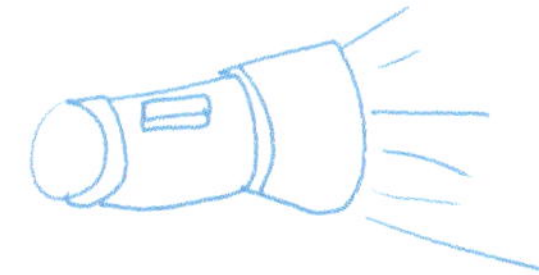

Blöde Ferien!

ÖÖT-ÖÖT! Frau Vogelsang drückte noch einmal kräftig auf die Hupe des Campingbusses.
„Ich komm ja schon!“, rief Herr Vogelsang vom Hauseingang herüber. „Ich hab nur noch die Taucherflossen geholt.“
„Hast du auch den Wasserball eingepackt, Papi?“, plärrte Lulu aus dem heruntergekurbelten Autofenster. „Und die Bullerkugeln und Baby Teddy und die Würfel und ...“
Ihr kleiner Bruder Bruno schob seinen Kopf vor sie.
„Und die Federballschläger?“, wollte er wissen.
„Die Schläger schon, aber das Netz hätte ich beinahe vergessen.“
Herr Vogelsang verschwand wieder im Haus.
„Beeil dich, Rudi, wir wollten doch diesmal früher losfahren, damit wir nicht wieder in den Stau

geraten!“, schrie ihm Frau Vogelsang hinterher. Sie lächelte schulterzuckend Albi und seiner Mutter zu. Die beiden standen auf dem Gehweg neben dem Wagen, um ihre Nachbarn in die Sommerferien zu verabschieden.

„Mein Bertram wird ja heute nach der Arbeit den Kofferraum beladen“, erzählte Frau Artich eifrig. „So können wir morgen früh ohne Verzögerung aufbrechen. Und damit wir nichts vergessen, habe ich für jeden von uns eine Packliste angefertigt, alphabetisch sortiert von Allwetterjacke über Blasenpflaster bis Wanderrucksack und Wanderstiefel.“

Bevor Frau Vogelsang etwas antworten konnte, plapperte Lulu los: „Meine Mom findet Listen megatotal spießig!“

Frau Vogelsang wechselte schnell das Thema. „Wollt ihr nicht doch nachkommen, Rosalie? Von den Alpen zur Adria ist es nicht mehr weit. Unser Campingplatz liegt direkt am Meer. Überall sausen Kinder herum und haben einen Wahnsinnsspaß! Albi könnte mit Lulu und Bruno im Zelt schlafen."

„Au ja, bittebittebitte!" Albi schaute flehend zu seiner Mutter. „Wenigstens ein paar Tage! Und für euch holen wir Papas altes Zelt vom Speicher."

Doch Rosalie Artich schüttelte sich angewidert. „Kommt überhaupt nicht Frage, Albispatz! Bevor ich mich in ein Zelt voller Ameisen lege und mit haarigen Unbekannten ein Bad teile, würde ich lieber tausend Topflappen häkeln!"

„Ein Wellness-Hotel in den Bergen ist ja bestimmt auch sehr schön“, meinte Frau Vogelsang beschwichtigend. Sie wollte nach Albis Käppi greifen und es ihm spaßhaft übers Gesicht ziehen, doch der wich geschickt aus.
„Albi hat erzählt, dass in eurem Hotel Kinder verboten sind“, mischte sich Lulu wieder ein.
„Sehr richtig!“, bestätigte Frau Artich stolz.
„Der Stillerhof ist eigentlich ein Hotel für ruhesuchende Erwachsene. Er ist berühmt für seinen Heil-Schlamm und die ausgezeichnete Küche. Die Direktion macht nur für uns eine Ausnahme, weil wir seit langem Stammgäste sind und unser Albert schon als Baby artig wie ein kleines Lamm war!“ Etwas verlegen fügte sie hinzu: „Einmal im Jahr möchten wir uns eben etwas richtig Schönes gönnen.“
Jetzt kam Herr Vogelsang wieder aus dem Haus gepoltert. Er hatte beide Arme voll mit Taucherflossen in verschiedenen Größen, einem Federballnetz und Bazis Hundekörbchen. Ihr Dackel sollte sich im Urlaub schließlich auch pudelwohl

fühlen! Nachdem Herr Vogelsang alles hinter der Heckklappe verstaut hatte, sprang er auf den Beifahrersitz.

„So, es kann losgehen. Wer es schafft, am längsten den Mund zu halten, darf sich am Strandkiosk ein Schwimmtier aussuchen“, schlug er seinen beiden Kindern vor.

„Gute Reise!“, wünschte Frau Artich.

„Wir schreiben uns doch Postkarten?“, erinnerte Albi Lulu.

„Mhmhmh“, antwortete Lulu mit zusammengepressten Lippen.

„Ich muss Pipi!“, jammerte Bruno.

„Jetzt bekomm ich das Schwimmtier!“, jubelte Lulu.

Ihre Eltern taten, als hätten sie nichts gehört.

Frau Vogelsang startete schnell den Anlasser und mit quietschenden Reifen fuhr der Campingbus ab.

Während Frau Artich nach drinnen eilte, um die letzten Vorbereitungen für ihre eigene Urlaubsreise zu treffen, winkte Albi den Nachbarn nach, bis sie um die Ecke gebogen waren.

„Alle dürfen zelten. Nur ich muss in ein flüsterfades Hotel für Halbtote", sagte er seufzend.

„Blöde, blöde, blöde Ferien!"

„Dann fahr ich eben mit dir mit und wir beide zelten zusammen!", quäkte ein Stimmchen unter Albis Käppi.

„Das ist leider unmöglich!" Albi nahm das Käppi ab und hielt seinem Freund Egon die Hand hin. Der Krumpfling kletterte drauf und ließ sich nach unten heben. Jetzt linste er durch seine grünen Haarfransen fröhlich nach oben.

„Krumpflingsregel Nummer 43: Gar nichts ist nicht niemals unmöglich!"

Egon schmiedet einen Plan

Die beiden Freunde verkrümelten sich in die Gartenlaube der Artichs. Hier hatten sie sich vor einiger Zeit kennengelernt[1] und hier spielten sie auch oft miteinander. Albi setzte Egon vorsichtig auf dem Tisch ab.
„Zu schade, dass du heute nach dem Mittagsschlaf von Oma Krumpfling schon wieder zurück in der Krumpfburg sein musst. Jetzt haben wir nicht mal mehr eine Stunde miteinander", stellte er mit einem Blick auf seine Armbanduhr fest. „Da können wir gerade eine Runde Räuberschach spielen. Und dann sehen wir uns schrecklich lange zwei Wochen nicht!"
Bei dem Gedanken daran wurde ihm ganz traurig

---

[1] Warum Oma Krumpfling Egon zu den Artichs hinaufgeschickt hat, kannst du in Band 1 „Egon zieht ein!" nachlesen.

zumute. Verstohlen wischte er sich eine Träne aus dem Augenwinkel.

Da wurde Egon auch ganz weh unter dem herzförmigen Fleck auf seiner Brust. Während Albi die Schachfiguren aufbaute, verschränkte Egon die Pfoten hinter dem Rücken und marschierte nachdenklich zwischen den Figuren umher.

„Wir sind beide nicht die Bestimmer in unseren Familien, das stimmt. Aber müssen wir uns alles vorschreiben lassen, nur weil wir die Kleinen sind?", murmelte er vor sich hin und gab der schwarzen Dame einen Tritt. „Du darfst nicht zelten. Ich muss mit meinen krumpffiesen Klassenkameraden zelten, die mich immer nur ärgern. Aber es gibt doch sicher eine Möglichkeit, dass ich mit dir ins Hotel fahre und wir dort zusammen zelten und Spitzenspielspaß haben, zum Krumpkrampf!"

„Zerbrösel dir nicht umsonst dein

Gehirn“, entgegnete Albi verzagt. „Du wirst heute Nachmittag mit deiner Sippe auf den Speicher wandern, um dort die Sommerferien zu verbringen. Wie jedes Jahr. Du kannst dich ja nicht heimlich wegschleichen und zwei Wochen fortbleiben!“
„Und wenn ich mich gar nicht heimlich wegschleiche?“ Egon blieb plötzlich stehen. „Jippijucheh!“, kreischte er begeistert. „Das ist es! Alle müssen sehen, wie ich verschwinde! Alle 50 Krumpflinge mit ihren 100 Glupschaugen! Ich werde heute Abend von dir mitsamt eurem Zelt aus dem Speicher entführt, verschleppt, gekrumpfnappt!“
Albi fasste seinem kleinen Freund mit den Fingerspitzen an die Stirn. „Spinnst du jetzt oder hast du Fieber?“
„Ich bin gesund wie eine Kaulquappe in der Pfütze. Ich habe mir nur gerade einen fantasietastischen Plan ausgedacht. Willst du ihn hören?“
Natürlich wollte Albi das!
Nachdem Egon ihm seine Idee pelzhaargenau erklärt hatte, musste der Junge zugeben: „Egon, das ist total riskant! Und krumpfgenial!“

Das Sommerlager der Krumpflinge

Auch Krumpflinge brauchen mal Tapetenwechsel. Deshalb schlugen sie jedes Jahr zur Feier von Opa-Krumpflings-Propellerflug-Tag, also am 2. August, ihr Sommerlager im Speicher der Villa Artich auf. Im Lauf der Zeit hatte Oma Krumpfling dafür aus der Waschküche so viele einzelne Socken stibitzt, dass Frau Artich schon dachte, ihre Waschmaschine würde sie fressen. Diese Socken dienten den Krumpflingen während der Urlaubszeit als Schlafzelte. Nur Oma Krumpfling selbst wollte nicht auf eine feste Unterkunft verzichten. Außerdem legte sie besonderen Wert auf Ruhe. Also hatte Professor Honigschwamm extra für die Chefin einen kaputten Toaster in einen Wohnwagen umgebaut. Der Lehrer der Krumpflinge war nämlich nebenbei ein geschickter Erfinder und Bastler!

Während Albi und seine Mutter beim Nachmittagskaffee saßen, packten im Keller die Krumpflinge ihre Sockenzelte auf die Rücken.
Die kräftige Netti, Müllmann Dusselkurt und noch drei weitere starke Krumpflinge mussten den Wohnwagen ziehen, in dem auch die Verpflegung lagerte. Oma Krumpfling selbst trug nur die Vorratsdose mit dem kostbaren Krumpftee aus zermörserten Menschenschimpfwörtern. Ihren größten Schatz hätte sie nie aus der Pfote gegeben!
So wanderten sie unter Professor Honigschwamms Führung leise die Treppen hinauf bis in den Speicher.

Bei der Ankunft sah sich Egon genau um. Seit dem letzten Wandertag der Krumpflingsschüler hatte sich nichts verändert. Albis Mutter hängte hier bei Regen ihre Wäsche auf. Daher war zwischen einem Pfosten und einem Dachsparren eine Leine gespannt. Am Fuß des Pfostens standen ein Wäschekorb und eine Blechdose mit Wäscheklammern. Herr Artich hatte im hinteren Bereich des Speichers in mehreren Umzugskartons alte Akten und Bücher verstaut. In der Nähe davon erspähte Egon Herrn Artichs Wanderstiefel, seinen Rucksack und das Zelt. Es war zusammengerollt und in eine orangefarbene Stoffhülle verpackt. Die Öffnung zeigte nach vorne und war nur locker zugezogen. Perfekt für Egons Plan!

„Krumpflinge! Zackzerack! Socken aufbauen!“ Auf Oma Krumpflings Befehl begannen alle Krumpflinge die Gestänge aus Buntstiften und altem Draht zusammenzustecken. Die meisten wollten in der Nähe der Essensvorräte wohnen und errichteten ihre Sockenzelte deshalb in

einem großen Kreis um Oma Krumpflings Wohnwagen. Aber für die Krumpflingskinder hatte sich Professor Honigschwamm diesmal etwas Besonderes überlegt: Sie durften ihre Socken an der Wäscheleine aufhängen, damit sie darin schaukeln konnten!
Egon pfiff fröhlich vor sich hin, als er flink wie ein Eichhörnchen über den Holzpfosten auf die Leine kletterte. Zwischen Zwurz und dem schleimigen Schorschi fand er noch einen freien Platz. Dort rollte er seine Socke auseinander. Sie hatte ein großes Loch an der Ferse, muffelte nach Ziegenkäse und stammte möglicherweise sogar noch vom alten Onkel Arthur. Doch Egon war das egal. Sollte Oma Krumpfling ihm nur das schlechteste Zelt zuteilen. Er zog eine rote Wäscheklammer unter dem Arm hervor und zwickte die Socke fest.
„Ich werde sowieso nicht in diesem stinkeligen Pupsbeutel schlafen“, murmelte er beim Hinein-

kriechen zufrieden. „Bald kommt mein Freund Albi und holt mich hier raus!“

Der kleine Krumpfling schaukelte leise vor sich hin und malte sich die kommenden Ferien aus. Diesmal würde ihn keiner ärgern und er und Albi hätten alle Zeit der Welt, um miteinander zu spielen. Es war wie ein wunderbarer Traum!

Doch plötzlich hatte Egon das Gefühl zu fallen ... Und schon landete er in seiner Socke hart auf dem Boden. Aua! Egon rieb sich den schmerzenden Popo, streckte die Schnauze aus dem Loch an der Ferse und sah verdutzt nach oben.

Auf der Leine über ihm, dort, wo er seine Socke gerade eben befestigt hatte, hockten Schorschi und Zwurz. Die beiden kreischten vor Lachen und winkten Egon frech zu!

Menschenalarm!

Alle Krumpflinge rannten herbei, um Egon auszulachen. Oma Krumpfling walkte ihn einmal kräftig durch, um sich zu überzeugen, dass alle Knochen heil geblieben waren.

Dann lobte sie Schorschi und Zwurz: „Hahaha, zum Brüllaffen komisch! Das gibt eine Extraportion Krumpftee für euch zwei fiesen Trickwitzler!"

Sie pfiff durch die Krallen, um die gackernde Sippe zum Schweigen zu bringen. „Happihappizeit, ihr Krumpflinge! Weil heute Ferienbeginn und Opa-Krumpflings-Propellerflug-Tag ist, spendiere ich euch einen Stink-Täubling und rohes Hefestockbrot!"

Die Sippenmitglieder jubelten. Neben Krumpftee als Lieblingsgetränk waren Pilze in jeder Form schließlich ihr Leibgericht! Jedem von ihnen wurde ein Stückchen Stink-Täubling, eine Pfote voll Teig und einen Schaschlikstab für das Stockbrot zugeteilt. Weil Egon höflich abwartete und nicht drängelte, kam er wie immer als Letzter an die Reihe. Da hatte Wobbel schon die Teigschüssel leergeschleckt. Und vom Pilz war eine einzige Lamelle für Egon übrig geblieben. Damit hockte er sich zu seinen Mitschülern ans Lagerfeuer, einem rot glühenden LED-Fahrrad-Rücklicht. Um im trockenen Speicher keinen Brand zu riskieren, erlaubte Professor Honigschwamm nämlich kein offenes Feuer.

Eine Zeit lang hörte man nur das genüssliche Schmatzen der Krumpflinge. Schließlich fasste sich Egon ein Herz. „Was machen wir eigentlich, wenn jemand auf den Speicher kommt?“, wollte er wissen. Er hatte sich alles genau überlegt. Auch die nächste Frage gehörte zu seinem Plan: „Sind wir hier überhaupt sicher vor Menschen? Ich fürchte mich ein bisschen.“

Sofort glucksten seine Klassenkameraden los. „Unser Fusselherzi hat die Pelzhosen voll!“, witzelte Lutschki. „Angstnase, Salzhase, Pipivase!“

Doch Professor Honigschwamm meinte: „Egons Frage ist ausnahmsweise nicht dumm, Lutschki, nicht dumm. Ein Krumpfling muss immer gewappnet sein. Im Falle des Auftauchens einer Gefahr durch Mensch, Hund oder unvorhersehbare Umstän ..."

Oma Krumpfling piekte Professor Honigschwamm mit ihrem Schaschlikstab in die Seite: „Machen wir es kurz: Abhauen und verstecken ist die Devise." Sie tippte sich selbstgefällig auf ihre geblümte Kittelschürze. „Wenn ich mit euch unterwegs bin, droht natürlich keine Gefahr. Seit Opa Krumpfling mit einem Pupspropeller in die Luft geflogen ist, habe ich auf diesem lurchlangweiligen Speicher noch niemals auch nur eine Menschenzehe gesehen."

„Dann bin ich ja beruhigt!“, meinte Egon lächelnd. Er wusste es natürlich besser. Diesmal würde ein Mensch das gemütliche Beisammensein der Krumpflinge stören! Gleich war es Zeit für Albis großen Auftritt! Egons feine Löffelöhrchen hörten bereits leise Schritte auf der Speichertreppe ...
Die kräftige Netti stimmte gerade das Lied „Aus den grauen Kellern kommen wir“ an. Da rumpelte es an der Tür und sie wurde aufgerissen. Albi trampelte herein! Die Krumpflinge hielten für eine Schrecksekunde die Luft an.
Professor Honigschwamm überblickte die Lage als Erster. „Menschenalarm!“, schrie er panisch. „Abhauen und verstecken!“
Er riss die verdatterte Oma Krumpfling auf die Füße und zog sie hinter sich her. 48 weitere Krumpflinge sprengten fiepend auseinander. Egon sprang ebenfalls auf und lief los. Alles war genau abgesprochen. Albi würde ihm ausreichend Zeit lassen, um in die Zelthülle zu kriechen. Aber was sollte das denn?

Professor Honigschwamm, der Oma Krumpfling immer noch im Schlepptau hatte, steuerte auch auf Egons Ziel zu! Die Chefin japste und trug inzwischen nur noch einen Pantoffel. Ein schrecklicher Gedanke durchblitzte Egon. Was, wenn der Lehrer nun ausgerechnet Herrn Artichs Zelt als Versteck auswählte? Dann würde Albi auch die beiden mit in den Urlaub nehmen ... etwas Gruselgraulicheres konnte Egon sich nicht vorstellen! Er überholte, quetschte sich gleich darauf in die Zelthülle und zog die Schnur fester zu. Mit klopfendem Herzen linste er durch die kleine Öffnung nach draußen. Keiner folgte ihm. Professor Honigschwamm und Oma Krumpfling ließen das Zelt links liegen. Egon atmete auf. Jetzt durfte Albi kommen! Der Junge schlenderte

scheinbar suchend durch den Speicher. Als er bei ihm angekommen war, sagte er laut und deutlich: „Hier ist ja Papas Zelt! Das nehme ich jetzt mit in die Ferien. Hoffentlich ist alles dabei?“ Er beugte sich nach unten und schielte in die Öffnung.

Egon grinste ihm breit entgegen und hielt die Daumenkralle hoch. „Ja, das Wichtigste scheint dabei zu sein“, stellte Albi fest und hob das Zelt behutsam auf.

Dabei bemerkte er gar nicht, dass sein Vater ebenfalls in den Speicher gekommen war und nun direkt hinter ihm stand.

Zum Glück gibt's Packlisten

„Was machst du denn hier oben?", fragte Bertram Artich verwundert.
Zu Tode erschreckt fuhr Albi hoch, schleuderte das Zelt von sich und stieß mit dem Kopf gegen einen Holzbalken.
„Aua!", jammerte er. So hörte man zum Glück Egon nicht, der genau gleichzeitig „Aua!" quietschte, weil er in der Zelthülle schon wieder hart auf seinen Popo geplumpst war!
„Darf ich wissen, was du mit meinem Zelt vorhast, junger Mann?", fragte Herr Artich noch einmal etwas strenger. „Ich möchte nicht, dass du ungefragt mit meinen Sachen spielst." Er griff nach dem Zelt und drehte es nachdenklich.
„Womit ich da schon war ... Tadschikistan, Sardinien, die schottischen Highlands. Aber seit ich mit deiner Mutter zusammen bin, sind die

Zeltzeiten vorbei. Schade eigentlich. Willst du es mal sehen?"
Egon, der im Zelt alles mitgehört hatte, wurde heiß und kalt vor Angst.
Albi stotterte: „Vielleicht lieber ein andermal. Ich ... äh ... ich hab‘s nur in der Hand gehabt, weil ... weil es mir im Weg lag ..."
Er sah sich hilfesuchend um. Sein Blick fiel auf den Wanderrucksack, der direkt neben ihm an einem Dachsparren lehnte. Er griff danach und hielt ihn seinem Vater entgegen.
„Der Rucksack! Der steht auf deiner Packliste! Du hast doch so viel zu tun, da wollte ich dir den Rucksack runterbringen. Und die Stiefel natürlich auch."
Albi spürte, wie seine Ohren knallrot wurden. Er hasste es, zu schwindeln. Aber was hätte er tun sollen? Es ging schließlich um die Sicherheit seines besten Freundes!
Herr Artich ließ das Zelt an seinen Platz zurückfallen und streichelte Albi über das Haar.
„Wie aufmerksam von dir! Wenn ich das gewusst

hätte, hätte ich mir den Weg hier herauf sparen können." Er nahm Albi den Rucksack ab, griff nach den Wanderstiefeln und ging voraus zur Speichertür. Dabei wog er den Rucksack in der Hand. „Der wiegt doch einiges, selbst im leeren Zustand", überlegte er laut. „Das spezifische Eigengewicht von Baumwolle ist gegen diese hochmodernen ultraleichten Stoffe aus Synthetik nicht wirklich ergonomisch. Ich werde ihn durch einen neuen ersetzen." Im Türrahmen wartete er auf Albi. „Kommst du?"

Albi zögerte. Wie sollte er jetzt unbemerkt das Zelt von hier in sein Zimmer schaffen? Irgendwie musste er seinen Vater loswerden!

„Geh ruhig schon vor, Papa. Ich guck nur noch schnell, ob alle Dachluken gut geschlossen sind. Nicht, dass es hineinregnet. Danach kontrolliere

ich anhand Mamas Packliste mein Gepäck und bring dir die Tasche gleich zum Auto."
Bertram lächelte zufrieden. „Sehr gut! Immer die Kontrolle behalten! Du kommst ganz nach deinem Vater, mein Junge. Ich bin stolz auf dich!"
Mit diesen Worten verließ er endlich, endlich den Speicher.
Albi prüfte tatsächlich zweimal, ob die Dachluken fest geschlossen waren. Nachdem im Treppenhaus alles still war, sauste er dann mit dem Zelt in sein Zimmer. Dort zog er als erstes den durchgerüttelten Egon heraus.
„Bist du okay, Egon?"
„Mein Popschi ist Krumpfmus, aber das ist es mir wert." Der kleine Krumpfling machte es sich grinsend auf Albis Kopfkissen bequem. „Zwei Wochen ohne Oma Krumpfling und die ganzen anderen Verrückten. Das wird zimtschneckenzuckerschön!" Er seufzte glücklich.
Auf der Bettdecke hatte Frau Artich schon alles bereitgelegt, was Albi einpacken sollte: lange und kurze Hosen, frisch gebügelte Hemden,

14 Unterhemden und Unterhosen, Pullunder, Pullover, Pyjama, zehn Paar Socken und was sie sonst noch für unverzichtbar hielt. Einen Großteil davon schob Albi hektisch unter sein Bett. Das Zelt passte so schon ziemlich knapp in die Reisetasche. Zur Tarnung stopfte Albi ein Hemd, seine Badehose und ein Buch darüber. Wanderschuhe und frische Wäsche für jeden Tag? „Da übertreibt Mama eh ein bisschen", erklärte er Egon. Aber seine Zahnbürste steckte er doch noch in die Seitentasche. Löcher wollte er nämlich nicht in den Zähnen!

Kurz darauf wuchtete Herr Artich die Reisetasche seines Sohnes in den Kofferraum. Natürlich ahnte er nicht, dass er damit gerade sein altes

Zelt einpackte. Zuletzt verstaute er den leeren Wanderrucksack. Damit sich der Kofferraumdeckel noch schließen ließ, musste er ihn ganz schön zusammenquetschen. Dabei schien es Herrn Artich, als hörte er ein leises Pfeifen. Er rüttelte sich mit dem Zeigefinger im rechten Ohr. „Bei mir piept‘s irgendwie. Sind das etwa erste Anzeichen eines Hörsturzes?“ Mit der Zentralverriegelung verschloss er den Wagen und sagte zu sich: „Ich bin wirklich urlaubsreif!“

Willkommen im Hotel Stillerhof

Die ganze Fahrt lang konnte Albi nicht aufhören zu grinsen. Seine linke Hand hielt er in der Bauchtasche seines Sweatshirts, um sich zu vergewissern, dass er nicht träumte. Doch es war kein Traum: In der Tasche hockte sein bester Freund Egon und umarmte zärtlich Albis Daumen.

Frau Artich lächelte ihren Sohn durch den Rückspiegel an.

„Na siehst du, jetzt freust du dich auch auf unseren Urlaub in den Bergen, nicht wahr, Albispatz!"

Albi strahlte. „Oh ja! Ich freue mich sogar wie ein extragroßes Tofu-Schnitzel!"

Am späten Nachmittag fuhr Herr Artich von der Autobahn ab. Er lenkte den Wagen über eine kurvige Straße durch lichte Laubwälder, an Kuh-

weiden und Apfelbaumwiesen vorbei. Bald schon waren sie an ihrem Ziel, einem großen Haus, mit vielen Balkons und grünen Fensterläden angelangt. Mit Egon in der Tasche sah Albi erst, wie wunderschön das alles war!
An der Rezeption begrüßte sie Frau Hubertus, eine rundliche Dame im rosa Dirndl, die so appetitlich aussah wie ein Krapfen mit Himbeerglasur. „Willkommen im Hotel Stillerhof!" Die Hoteldirektorin kniff Albi sanft in die Wange und musterte ihn von oben bis unten. „Schön, dich zu sehen, Albert. Viel hören werden wir ja erfahrungsgemäß nicht von dir!"
„Das will ich hoffen", maulte ein Mann vor sich hin, der kurz nach den Artichs an die Theke getreten war. Er hatte die Figur einer überreifen Birne, aber Haare wie ein Barbie-Mann. „Mutti und ich hassen Kindergeschrei! Ist ‚Das Alpenblatt' für uns angekommen?"
„Keine Sorge, Herr Doktor Stecher!", beruhigte ihn Frau Hubertus und reichte ihm einen Brief aus einem Fach. „Dieser Junge hier ist ein richtiges

Engerl. Für ihn würde ich meine Hand ins Feuer legen!"

Herr Doktor Stecher betrachtete missmutig ihre Hände.

„Falls wir auch nur einen einzigen Piepser von diesem Gör hören, dann zahle ich Ihnen keinen Cent für unseren Aufenthalt."

Mit zusammengekniffenen Lippen rauschte er davon.

„Wenn doch nur alle Gäste so reizend wären wie Sie", sagte Frau Hubertus seufzend zu Artichs.

„Nun ja, er kennt unseren Albert halt noch nicht", tröstete sie Frau Artich.

Frau Hubertus schickte Hoteldiener Alois nach dem Gepäck und übergab Frau Artich die Zim-

merschlüssel zur Suite „Waldesruh“, die aus einem Schlaf- und einem Wohnzimmer mit Zusatzbett bestand. Auf ein Zeichen von ihr hatte eine Kellnerin inzwischen zwei Gläser Sekt und hausgemachte Holunder-Limonade gebracht.
Albi fand allerdings, dass sein Freund Egon auch angemessen begrüßt werden sollte. Also hielt er sein Glas auf Höhe der Tasche und schob unauffällig das Ende des Strohhalms hinein. Zum Glück waren die Erwachsenen durch ihr übliches Geplapper abgelenkt. Aber hätten sie genauer geschaut, dann wäre ihnen aufgefallen, dass nun die ganze Limonade auf mysteriöse Weise verschwand. Und dann angelte auch noch eine puppenkleine grüne Hand nach der Zitronenscheibe, die am Glasrand steckte! Egon stopfte sich die saure Köstlichkeit ins Maul, schluckte sie mitsamt der Schale und rülpste laut. Die drei Erwachsenen starrten Albi an. Der wurde holunderbeerendunkelrot.
Herr Artich gab Albi einen Stups. „Albert! Wir heißen Artich und sind ... “

Egon rülpste ein zweites Mal wie ein Berggorilla.
„Ich nehm schon mal die Treppe!“, rief Albi und rannte los.

Heimliche Gäste

„Meinst du, unser Junge kommt schon in die Pubertät?“, fragte Rosalie Artich ihren Mann, als sie allein in ihrem Schlafzimmer waren. „Oder ist das der schlechte Einfluss von Lulu? Diese Vogelsangs sind ja sehr nett, aber haben keine Manieren.“ Sorgfältig legte sie die Kleidungsstücke aus dem Koffer in den Schrank.

„Mach dir keine Sorgen, meine Liebe. Ich denke, dass die Kohlensäure in der Limonade zu einer vermehrten Bildung von Gasen in Alberts Verdauungstrakt geführt hat.“

Herr Artich schob den leeren Koffer unter das Bett, stellte seine Wanderstiefel in die Schuhwanne und hängte den leeren Rucksack an den Garderobenhaken. Dabei hörte er wieder dieses leise Fiepen. Und wenn sich doch eine Maus aus dem Speicher in den Rucksack verirrt hatte?

Bertram öffnete schnell den Verschluss ... Aber der Rucksack war leer!
Vielleicht sollte ich mir nach dem Urlaub doch die Ohren untersuchen lassen, überlegte Herr Artich. Dann klopfte er an die Durchgangstür zu Albis Zimmer, um ihn zum Essen abzuholen.

Nachdem Familie Artich und ihr heimlicher Begleiter Egon in den Speisesaal gegangen waren, blieb es für einen Moment still in der Suite „Waldesruh“. Doch plötzlich raschelte es leise unter dem Garderobenhaken. Aus Herrn Artichs linkem Wanderschuh wuchsen lila Haare, die auf Fahrradventilen aufgedreht waren. Dann streckte Oma Krumpfling den ganzen Kopf heraus.
„Mich laust der Schlaraffe“, sagte sie. „Diese Artichs überraschen mich immer wieder. Wo sind wir denn da gelandet?“
Im rechten Wanderschuh

erschien der Kopf von Professor Honigschwamm. Er wischte mit den Pfoten über seine Brille und riss erstaunt die Glupschaugen auf. „Krumpfgütiger Kampfgeier, wir sind in einem Hotel, im Hotel."

„Gut erkannt, Professor. Aber in WAS für einem!" Ächzend krabbelte Oma Krumpfling aus dem Schuh und wagte ein paar vorsichtige Schritte. „Tztztztz. Gar nicht übel, die Bude." Sie wälzte sich auf dem flauschigen, blauen Teppichboden.

„Gar nicht übel? Eine kübelübelige Katastrophe ist das! Meine Schüler sind ohne mich von allen bösen Geistern verlassen, von allen bösen Geistern!", rief Professor Honigschwamm und rang die Pfoten. „Möglicherweise wurde unser tollpatschiger Dummtropf Egon, der sich im Zelt verkrochen hat, ebenfalls verschleppt. Und der restlichen Sippe fehlt die omakrumpfige Oberleitung! Wir müssen schleunigst nach Hause, schleunigst!"

„Hä, haben das meine Löffelöhrchen richtig verstanden?", rief Oma Krumpfling aus dem Badezimmer, das sie inzwischen erkundete. Auf dem Wannenrand hatte sie mehrere hübsche Fläschchen entdeckt. Nach zwei vergeblichen Anläufen, gelang es ihr tatsächlich hinaufzuspringen. „Das können Sie sich abschminken, Professor. Wir haben erst in zwei Wochen eine Rückfahrgelegenheit, nämlich genau dann, wenn die Artichs wieder heimreisen.“ Sie schraubte das Fläschchen mit der Körperlotion auf, schnupperte und nahm einen großen Schluck. „Pfui Igelstachel, das schmeckt ja zum Kotzköttelspucken!“ Empört schüttete sie den Inhalt aus. Aber dann entdeckte sie die Schuhputzcreme auf der Ablage über dem Waschbecken. Damit konnte man immerhin lustige Bilder auf den Spiegel schmieren!

„Wir sitzen hier fest. Darum machen wir jetzt das einzig Sinnvolle, was wir machen können. Wir genießen unseren Aufenthalt in dem Nobelschuppen“, schlug sie vor.
„Aber Chefin!“, jammerte der Lehrer der Krumpflinge, der ihr ins Badezimmer gefolgt war. „Wir können doch nicht einfach, wir können nicht ...“
„Papperlapappel“, unterbrach ihn Oma Krumpfling streng. „Nun schnäuzen Sie sich kräftig in ihre Bartspitzen, Professor, und dann ist Schluss mit dem Geheule. Auch uns beiden steht einmal Urlaub von der Sippe zu! So ist das!“ Sie hopste zu Professor Honigschwamm auf den Fliesenboden und bohrte ihm die Zeigekralle in den Bauch. „Wir beiden Hübschen schlagen unser Hauptquartier im leeren Koffer der Artichs auf, dann verpassen wir die Heimfahrt nicht. Aber jetzt will ich mir in Ruhe alles ansehen, und was zu Futtern brauch ich auch zwischen die Hackezähnchen! Und Glupschaugen aufgesperrt: Falls unser Herzchenschreck Egon ebenfalls hier gelandet sein sollte, werden wir ihn schon finden!“

Egon greift an

Wenn Albi und Egon gewusst hätten, was für ein Krumpflingsgewitter sich da über ihnen zusammenbraute! Aber woher hätten die beiden Freunde auch nur eine Ahnung haben sollen? Wären Albi und Egon sehr, sehr wachsam gewesen, hätte ihnen beim Essen natürlich auffallen können, dass über die weißen Trüffeltörtchen eine Spur aus Bratensauce führte. Die Spur von jemandem, der sehr kleine Pfoten hatte und seltsamerweise nur einen Pantoffel trug. Aber Frau Artich hatte die interessante Geschmackskombination und die originelle Deko über alle Maßen gelobt, sodass sie keinen Verdacht schöpften. Später dann hatten sich die beiden Freunde in Albis Bett gekuschelt und auf dem großen Fernseher heimlich einen Actionfilm angeschaut.

Am nächsten Tag, gleich nach dem Frühstück, wollte Albi dem kleinen Krumpfling das Schwimmbad zeigen. Da traf es sich gut, dass sich seine Eltern lieber in die Saunalandschaft zurückzogen. Weil Albi bereits das Jugendschwimmabzeichen in Gold geschafft hatte, durfte er nebenan alleine zu den Becken gehen. Nun ja, „alleine" war er sowieso nicht! Egon blinzelte gut versteckt aus der Handtuchrolle, die Albi unter dem Arm trug. Der Krumpfling hätte nie zugelassen, dass seinem Freund etwas passierte!
In der Halle waren nur wenige Gäste unterwegs. Eine Oma lag wie eine gedörrte Aprikose auf einem Liegestuhl am Beckenrand und las in einem Taschenbuch. Im Hauptbecken kraulte ein Mann auf dem Rücken die Bahn entlang. Und nebenan im heißen Sprudelbassin genoss eine Frau mit einer lustigen Kartoffelnase und Pudellöckchen die Wasserwirbel.

„Ich denke, wir gehen kein

Risiko ein, wenn wir zusammen schwimmen gehen“, überlegte Albi leise. „Die sind alle beschäftigt. Und vor den flaschengrünen Kacheln wirst du eh kaum auffallen.“
Er ließ Egon vorsichtig ins Wasser und legte sein Handtuch ab. Aber gerade, als er selbst seine Zehen auf die Leiter setzen wollte, rief der Mann im Becken empört: „Du bleibst gefälligst draußen, solange ich hier schwimme, du ungezogener Mistlauser!“
Erst jetzt erkannte Albi diesen Doktor Stecher, den er am Vortag an der Rezeption kennengelernt hatte, wieder. Unter der Badekappe konnte man seine Helmfrisur nämlich nicht sehen. Albi zog den Fuß wieder zurück. Er wusste nicht recht, ob er sich dem Befehl eines Hotelgastes widersetzen durfte.
„Also wirklich, Herr Stecher, der Junge wird sie schon nicht in den Allerwertesten beißen!“, meinte die Dame im Sprudelbecken.
„DOKTOR Stecher. Er wird kreischen und mich anspritzen, Frau Meierling-Gänseklein. Es ist

schließlich ein unkontrollierbares Kind!"
Dr. Stecher betonte „Kind" so, als würde er „Kakerlake" sagen.
„Sie sind doch schon nass", erwiderte Frau Meierling-Gänseklein trocken und lächelte Albi zu. „Geh ruhig ins Wasser, mein Junge! Ich erlaube es dir."
Albi grinste zurück und setzte den Fuß wieder auf die Sprosse.
„Wölfchen, lass dir von dieser Person mit dem schrecklichen Doppelnamen nicht dreinreden", mischte sich nun die Alte auf dem Liegestuhl ein. „Das kleine Aasgebein hat im Wasser nichts zu suchen. Es hat hier im Hotel überhaupt nichts zu suchen. Wenn mein Krimi auch nur einen Tropfen Wasser abbekommt, gibt es Saures!"
Albi zog den Fuß wieder zurück und setzte sich an den Beckenrand.

„Komm, Egon, wir gehen lieber“, flüsterte er verzagt.

Doch Egon, der hinter der Leiter unauffällig im Wasser paddelte, wollte noch nicht gehen. Niemand durfte seinen Freund Albi so unfreundlich ansprechen! Nicht einmal, wenn er dazu schmackhafte Schimpfwörter verwendete. Obwohl Egon bei den anderen Krumpflingen als mitfühlendes Weichei galt, das zu keinem bösen Trick fähig war, beschloss er nun, es diesem Doktor Stecher heimzuzahlen. Er atmete tief ein und tauchte unter ...

Krumpflinge können über zehn Minuten die Luft anhalten. Aber Egon brauchte nicht einmal 60 Sekunden, um anzugreifen. Elegant wie ein Pinguin schoss er unter Doktor Stecher, der nun sehr langsam Brust schwamm und Albi am Beckenrand nicht aus den Augen ließ. Mit seiner spitzen Zeigekralle kitzelte Egon ihn dann leicht am Bauchnabel.

„Hihi!“ Doktor Stecher versuchte, ein Kichern zu unterdrücken, aber es gelang ihm nicht ganz. Egon popelte ein bisschen fester, Doktor Stecher kicherte lauter und fing an zu strampeln.

„Hihihihaha!“

„Was soll das denn jetzt? Willst du dich etwa vor dem Frauenzimmer aufspielen? Nimm dich zusammen, Wölfchen“, schalt ihn seine Mutter.

„Hihihi, das will ich nicht, Mutti! Haha! Doch will ich ja!“

Egon jubelte, soweit man das unter Wasser kann. Dieser Stecher war kitzelig wie ein Katzenbaby. Er krabbelte an seinem Bauch entlang und zwickte ihn sanft unter Achseln und Kinn.

Kreischend und gackernd fing sein Opfer an zu strampeln und zu zappeln. Das Wasser spritzte hoch in alle Richtungen, bis hin zu Frau Stecher und auf ihren Krimi. Jetzt brauchte Egon gar nichts mehr tun. Den Rest übernahm nämlich Wölfchens Mutti persönlich: Sie hüpfte an den Beckenrand und packte ihren Sohn am Ohr.
„Jetzt hab ich aber genug, Wolfgang!"
Stecher kreischte wie eine schlecht geölte Kreissäge, als sie ihn am Ohr aus dem Wasser zog.
„Ab in dein Zimmer. Zur Strafe gibt es heute keine Nachspeise!"
Unter dem schallenden Gelächter von Frau Meierling-Gänseklein, dem Kichern von Albi und dem lautlosen Glucksen von Egon verließen Mutter und Sohn die Schwimmhalle.

Ein kleiner Gruß aus der Küche

Die beiden Freunde hätten gerne noch länger im Schwimmbad geplanscht, aber Albis Eltern bestanden darauf, dass ihr Sohn mit ihnen im Hotelrestaurant zu Mittag aß. Allerdings schien Spitzenkoch Monsieur Joseph (geprochen: Monsjö Schosäff) nicht alles im Griff zu haben! Wie immer schickte er seinen Gästen zuerst einen kleinen „Gruß aus der Küche“. Heute hatte er eine klare Essenz von Tomaten in Mokkatässchen gefüllt. Doch Doktor Stecher identifizierte seine Suppeneinlage als eine Art Kaninchenköttel.

„Ich bin Lehrer, mir macht hier niemand etwas vor!“

Mit bösen Drohungen schickte er den Gruß wieder in die Küche zurück.

Aber dann blieb das Gebiss der alten Frau Stecher im kleisterzähen Kartoffelbrei stecken. Frau Meierling-Gänseklein grub eine Schweinehaxe aus ihrem vegetarischen Gemüsereis. Albis Nudeln waren nicht gesalzen, sondern gezuckert. Herr Artich musste unter dem Wasserhahn in der Herrentoilette den Mund ausspülen, weil sein Burger so scharf war.

Doch das Allerseltsamste widerfuhr Frau Artich: Als der Kellner die silberne Abdeckhaube hob, sprangen zwei Spinatknödel mit einem Satz vom Teller und rollten blitzschnell unter die Anrichte! Unter tausend Entschuldigungen brachte der Kellner ihr eine neue Portion.

„Bei dem Preis sollte so etwas nicht passieren", stellte Frau Artich fest und spießte mit der Gabel schnell einen der neuen Knödel auf, damit der sich nicht auch davonmachte. Herr Artich konnte nichts dazu sagen. Er musste immer noch nach Luft schnappen.
Egon aber rieb sich unter Albis Serviette die Glupschaugen. Hatte einer der entflohenen Spinatknödel nicht eine geblümte Kittelschürze getragen und Stücke von Zimtstangen als Lockenwickler in den Haaren gehabt? Und trug der andere Spinatknödel nicht einen blauen Bademantel, hatte buschige Augenbrauen und eine Brille auf der Schnauze?
„Das kommt vom Tauchen, Egon Krumpfling", beruhigte er sich selbst. „Bei dem vielen Chor im Wasser kann man schon mal gruselige Gespensterkrumpflinge sehen."
Trotzdem erzählte Egon Albi – als dessen Eltern auf der Terrasse das Bergpanorama betrachteten – von der seltsamen Erscheinung.
„Wenn Oma Krumpfling tatsächlich hier sein

sollte, dann ist sie sicher in der Küche. Kannst du mal nachsehen?“, bat er dann. „Die Vorstellung, dass ich die alte Schreckschraubenmutter hier treffe, macht mich ganz nervöselig!“
Albi wollte seinem Freund den Gefallen gerne tun, aber er konnte doch nicht einfach in die Küche spazieren! Also lungerte er an der automatischen Tür herum und versuchte, von dort aus etwas zu erspähen. Bis Leni, die Spülhilfe, ihn nicht gerade freundlich davonscheuchte. Nun, vielleicht hatte sich Egon ja doch getäuscht?

Zwei Freunde zelten

Obwohl es nach Regen aussah, wollten Herr und Frau Artich am Nachmittag einen ausgiebigen Verdauungsspaziergang machen. Weil Albi ihnen hoch und heilig versprach, nicht fernzusehen, sondern zu lesen, durfte er in seinem Zimmer bleiben.
Diesen Augenblick hatten Egon und Albi schon von ganzem Herzen herbeigesehnt. Kaum waren seine Eltern außer Hörweite, zog Albi das Zelt aus dem Schirmständer. Dort hatte er es am Vortag versteckt. Jetzt konnten sie es in aller Ruhe aufbauen.
Doch das war leichter gesagt als getan! Während Albi die Aufbauanleitung studierte, die Zeltplane auffaltete und die Stangen zusammensteckte, wollte Egon schon einmal die Schnüre auseinanderwickeln. Dabei verhedderte er sich selbst wie

ein dicker Kartoffelkäfer im Spinnennetz. Beim Versuch, sich zu befreien, verwurstelte er die Schnüre schließlich zu einem unlösbaren Knoten. Damit Albi ihn nicht schimpfte, holte sich der kleine Krumpfling aus Frau Artichs Waschbeutel eine Nagelschere und schnitt wild in dem Schnurgeknäuel herum.

„Hör sofort auf!“, unterbrach ihn Albi aufgebracht, als er das bemerkte. „Die Schnüre brauchen wir doch zum Verspannen!“

Er riss Egon den Knoten aus den Pfoten und entwirrte ihn selbst. Dann schüttelte er mehrere eiserne Haken aus der Zelthülle.

„Dazu müssten wir eigentlich die Heringe in den Boden schlagen“, überlegte er.
„Wieso willst du die armen Fische verhauen?“, fragte Egon.
Albi erklärte Egon, dass „Hering“ nur der Fachausdruck für die Zelthaken sei, mit denen man die Schnüre befestigt.
„Na dann!“ Egon schnappte sich den gläsernen Briefbeschwerer vom Tisch und begann wild auf einen Hering einzudreschen. Im Teppich entstand nicht einmal ein Loch, aber der Briefbeschwerer zerbrach mit einem Klirren. Albi raufte sich die Haare.
„Was machst du denn jetzt schon wieder? Wenn das Mama sieht!“ Sorgfältig sammelte Albi die Scherben ein und versteckte sie im Topf eines Gummibaums. Dabei kam ihm eine gute Idee:
„Wir verspannen die Seile hier am Stamm vom Gummibaum, an der Stehlampe und am Sessel und an den Beinen vom Bett. Das müsste auch funktionieren!“
Und tatsächlich, die Konstruktion hielt! Albi stat-

tete das Zelt noch mit Kissen, Nachttischlampe und Radio aus. Zum Trinken holte er sich ausnahmsweise eine Cola aus der Minibar. Dann zauberte er eine Tüte mit sauren Pommes, die er heimlich für Egon mitgebracht hatte, aus seiner Jackentasche. Darauf krochen die beiden Freunde in das gemütlichste Zelt der Welt. Der Krumpfling grinste von einem Löffelohr zum anderen. Auch Albi konnte sich ein Grinsen nicht verkneifen. Plötzlich mussten die beiden laut losprusten. Das Glück war in ihnen übergeschwappt wie ein zu volles Glas Eisschokolade!

Ein Paradies für Krumpflinge

Inzwischen ging es in der Hotelküche gar nicht mehr lustig zu. Küchenchef Monsieur Joseph war kurz davor, den Verstand zu verlieren. Warum lief plötzlich alles schief? Zuerst waren gestern beim Abendessen diese Tapser aus Bratensauce auf den weißen Trüffeltörtchen aufgetaucht. Die konnte er den Stechers, die sich natürlich als Erste beschwerten, noch als „Explosion für die Geschmacksknospen“ verkaufen. Seit dem Mittagessen heute war dann alles außer Kontrolle geraten.

Gerade jaulte die Rührmaschine auf und spritzte die Sahne bis an die Decke. Monsieur Joseph rannte darauf zu, dann roch er den Qualm und bog zum Ofen ab. Er stieß die Klappe auf und riss die Backform heraus. Sein aufwändiger Baumkuchen war zu einem kleinen schwarzen Klumpen verbrannt.
„Du dummgebrühter Misthaufenpiesler!", schrie er aufgebracht seinen Lehrling August an. „Wieso stellst du denn das Backrohr auf volle Hitze?"
Wenige Meter daneben im Vorratsraum schnappte sich Oma Krumpfling geschickt den „dummgebrühten Misthaufenpiesler" aus der Luft. Aus diesem wunderbaren Schimpfwort hätte sie für ihre Krumpflinge zu Hause eine große Kanne Krumpftee aufgießen können. Aber hier musste sie nicht knausern. Mit ein bisschen Nachhilfe hagelte es in dieser Küche Schimpfwörter im Überfluss! Sie rollte zu Professor Honigschwamm hinüber, der vollgefressen auf einem Reissack lag und ließ ihm die Leckerei

direkt ins offene Maul gleiten. Der Lehrer der Krumpflinge wehrte sich halbherzig.
„Genug, meine Böseste, ich kann nicht mehr!“ Doch dann saugte er schmatzend das Wort ein und rieb sich den prall gefüllten Bauch unter dem Bademantel. „Das reinste Paradies ist das hier, das reinste Paradies. Ich fange an, mich daran zu gewöhnen.“
„Und wer hat auf den ersten Glupschaugenblick erkannt, dass wir zwei uns hier mal richtig entspannen können?“ Oma Krumpfling zupfte Professor Honigschwamm am Bart. „Heute habe ich übrigens noch etwas Besonderes mit Ihnen vor, Professörchen“, kündigte sie geheimnisvoll an.
Professor Honigschwamm verschluckte sich vor Schreck.
„Ach du wilde Krumpfnuss, du Wilde!“ Es kam ihm gerade recht, dass ihre Unterhaltung nun abrupt gestört wurde.

„Stell die Pilze für das Risotto ins Lager, August!“, wies Monsieur Joseph den Lehrling an. „Aber lass sie nicht wieder runterfallen, du Oberriesendepp!“

Oma Krumpfling und Professor Honigschwamm hechteten hinter den Reissack.

August trampelte kurz darauf in die Vorratskammer, stellte einen großen Korb mit frisch gepflückten Pilzen ins Regal, vergewisserte sich, dass er gut stand, und verschwand wieder.

Dem Duft von frischen Waldpilzen konnte natürlich kein Krumpfling widerstehen. Oma Krumpfling und Professor Honigschwamm stürzten sich auf den Korb und beschnupperten die Schätze.

„Pfifferlinge, Steinpilze, Parasol ...“, juchzte Oma Krumpfling.

Professor Honigschwamm grapschte nach einem schrumpeligen runden Pilz und hielt ihn hoch. „Und sogar kostbare Sommermorcheln sind dabei!“

„Wenn ich nur nicht so voll gefressen wäre! In meine Wampe passt keine einzige Pilzspore mehr“, jammerte Oma Krumpfling.

„Ich hätte da einen Vorschlag“, meinte Professor Honigschwamm. „Diese Pilze gäben ein wunderbares Mitbringsel für unsere Krumpflinge zu Hause, für unsere Krumpflinge.“

Oma Krumpfling nickte. „Sehr richtig! Diese Pilze ergäben ein wunderbares Mitbringsel! Allerdings für mich. Bevor sie hier verkocht werden, müssen wir sie schleunigst in den Koffer zu meinen anderen Schätzen schaffen.“

Auf ihre Anweisung lud Professor Honigschwamm alle Pilze auf einen alten Putzlappen. Von diesem Lappen griff sich jeder von ihnen zwei Ecken. So konnten sie ihre Beute durch die Gänge und das Treppenhaus hinauf in den dritten Stock zur Suite „Waldesruh“ schleifen. Dabei mussten sie natürlich höllisch gut aufpassen, dass ihnen niemand begegnete. Deswegen fiel es nicht einmal dem klugen Professor Honigschwamm auf, dass ihre Ladung unterwegs immer leichter wurde. Der Lappen, in dem sie sie beförderten, hatte nämlich ein Loch. Und durch dieses kullerte Pilz für Pilz heraus und blieb auf der Strecke liegen!

Handfeste Beweise

„Hollerbirnzwetschge und Kokosnuss! Jetzt dreh ich durch!“ Das Geschrei von Monsieur Joseph schallte durch die Gänge. „Ich werde wahnsinnig! Voll gaga! Verrückt. Ich spinne!“

Neugierige Hotelgäste kamen von allen Seiten herbeigelaufen, um die Ursache für das Geschrei zu sehen. Auch Frau Hubertus hörte den Aufruhr und trabte beunruhigt in die Küche.

Auf dem Boden saß Küchenchef Monsieur Joseph. Er hatte sich einen Kochtopf aufgesetzt und rührte verzweifelt mit dem Schneebesen in einem leeren Korb. „Schaut euch mein Risotto an! Vier Kilo handverlesene Waldpilze!“, flüsterte er und begann wie ein Baby zu plärren.

Hilfskoch August und Spülerin Leni hatten sich verängstigt in eine Ecke gedrückt.
Frau Hubertus flößte Monsieur Joseph einen großen Schluck Rum ein. Daraufhin konnte er ihr schluchzend erklären, was zu seinem Zusammenbruch geführt hatte.
„Das ist bestimmt eine Reihe unglücklicher Zufälle gewesen, Sepp", versuchte Frau Hubertus ihren Koch zu trösten.
„Von wegen Zufälle. Das war dieses Kind! Vom Köttel bis zum Curryangriff!", zeterte Dr. Stecher. „Es hat natürlich auch die Pilze gestohlen."
Er und seine Mutti standen ganz vorne bei den neugierigen Gästen.
„Sie haben ja einen an der Waffel! Was sollte der kleine Albert mit so vielen Pilzen wollen? Er ist doch keine Schnecke!", fauchte ihn Frau Meierling-Gänseklein an. Auch sie war dazugekommen, um das Spektakel nicht zu verpassen.
Da meldete sich Leni zu Wort. „Aber ich hab vorher gesehen, wie der Bub an der Tür herumlungerte. Da hat der Herr Doktor schon recht."

„Na also“, triumphierte Dr. Stecher. „Und heute Morgen hat er Juckpulver ins Schwimmbad gestreut, nur um mich und Mutti zu schikanieren. Werfen Sie diese Familie mit ihrem widerlichen Sohn endlich raus!“

Frau Hubertus ließ sich nicht so leicht überzeugen. „Die Artichs haben sich immer tadellos verhalten. Für einen Rauswurf braucht es schon gute Gründe und handfeste Beweise.“

„Wie wäre es mit diesem hier?“, fragte die alte Frau Stecher und wedelte mit einem Pfifferling. Dann deutete sie mit spitzem Zeigefinger auf einen Steinpilz, der etwas entfernt auf dem Boden lag. Kurz dahinter entdeckte sie einen Wiesenchampignon. „Diese Spur wird uns zum Täter führen. Mir nach!“

Zimmer mit Zelt

Die selbsternannten Detektive entdeckten die letzte Sommermorchel vor der Tür von Suite „Waldesruh“. Dahinter wummerte leise Musik.
„Mich laust der Affe! Das ist tatsächlich die Suite von Familie Artich!“, stammelte Frau Hubertus fassungslos. „Und der Junge ist alleine da. Die Eltern sind beim Wandern.“
„Meine Mutti hat das Diebesgesindel überführt!“, jubelte Dr. Stecher.
Die Hoteldirektorin klopfte zaghaft an die Tür. Niemand öffnete.
Albi und Egon lümmelten ja im Zelt, hatten das Radio aufgedreht und sangen lauthals die neuesten Sommerhits mit. Da konnten sie natürlich nichts hören!
„Das ist sicher nur ein Missverständnis, das klären wir gleich auf.“

Frau Hubertus wollte einfach nicht glauben, dass der wohlerzogene Junge der Artichs Pilze aus der Küche stahl! Sie zog ihren Generalschlüssel aus der Schürzentasche und öffnete beherzt die Tür. Im vorderen Zimmer, dem Schlafzimmer der Artichs, war kein Mensch zu sehen. Doch die Pilzspur führte noch weiter. Und zwar geradewegs unter das große Doppelbett! Ächzend bückte sich Frau Hubertus, um genauer nachzusehen.
„Da ist nur ein Koffer!“, rief sie fast erleichtert. Eifrig sprang ihr Doktor Stecher zur Seite, zog den Koffer der Artichs hervor und klappte den Deckel auf.
Als die Anwesenden sahen, was darin war, ging ein Raunen durch die Runde. Der Koffer war bis zum Rand gefüllt mit Duschhauben, Nagelsets, Nähetuis, Notizblöcken, Kronkorken, Kugelschreibern, Schuhputzdöschen und – mit mehreren Pfund duftender Waldpilze!
Jetzt musste auch Frau Hubertus einsehen, dass sie sich in Albi getäuscht hatte.

„Albert Artich!“ Sie riss die Tür zum zweiten Zimmer auf und stürmte in blinder Wut hinein. Kein Wunder, dass sie die Schnur nicht bemerkte, die knapp über dem Boden gespannt war. Die Hoteldirektorin verfing sich mit dem Fuß und stürzte kopfüber in das orangefarbene Zelt, das mitten im Zimmer stand. Dabei riss sie auch die Stehlampe mit, an deren Fuß Albi das Seil sorgfältig verknotet hatte. Der Lampenschirm aus Metall krachte mit Getöse in den Fernseher auf dem Sideboard, dessen Bildschirm daraufhin einen großen Sprung zeigte. Zum Schluss fiel noch der Sessel um und knickte den Gummibaum ab.

Als er den Radau hörte, streckte Albi seinen Kopf aus dem Zelteingang. Direkt vor ihm auf dem Boden lag platt die Hoteldirektorin. Sie starrte ihn mit aufgerissenen Augen an.
„Schönen guten Abend, Frau Hubertus“, begrüßte Albi sie höflich.
„Könnten Sie meinen Eltern netterweise bitte nicht verraten, dass ich ein Zelt dabei habe? Ich wollte es eigentlich wieder abbauen, bevor sie zurückkommen!“

Rettung in letzter Minute

Frau Hubertus fing Albis Eltern am Hoteleingang ab. Das Erste, was sie ihnen erzählte, war natürlich die Sache mit dem Zelt! Dann überreichte sie ihnen die Rechnung.
„Eine Übernachtung mit Vollpension. Dazu kommen Fernseher, Stehlampe, vier Kilo Schwammerl, eine Cola aus der Minibar und die Reinigung unseres Pools." Sie deutete auf die Kuckucksuhr hinter sich. „Ab jetzt haben Sie 15 Minuten Zeit ihre Koffer und ihren missratenen Sprössling zu packen und zu verschwinden."

Du kannst dir vorstellen, wie bedrückt der arme Albi war, als er seine Sachen zusammenpackte. Schließlich konnte er die Tränen nicht mehr zurückhalten. Er hatte seinen Eltern nach einem einzigen Tag den Urlaub verdorben und sie mussten für all die kaputten Sachen viel Geld bezahlen. Die beiden waren von all den Beschuldigungen so schockiert gewesen, dass sie ihn nicht einmal geschimpft hatten, sondern nur leise miteinander in ihrem Zimmer tuschelten. Wahrscheinlich überlegten sie sich gerade eine gerechte Strafe für ihn. Aber noch unglücklicher als Albi war der kleine Egon Krumpfling!

„Das habe alles ich dir eingebröckelt!“, klagte er. „Zelten im Zimmer. Das ist ja auch wirklich eine idiotendoofe Idee! Ich bin ein Unglückskrähenwurm, da hat Oma Krumpfling schon recht. Wenn die alte Giftnudel da wäre, würde sie mir jetzt die Löffelohren lang ziehen wie einem Feldhasen.“

„Aber an den Pilzen in Mamas Koffer sind wir unschuldig.“ Albi zog den Reißverschluss seiner Reisetasche zu und den Rotz hoch. „Ich frage mich ja schon, wie die da hineingekommen sind …“ Plötzlich schaute er auf.

„Sag mal, hast du nicht heute beim Mittagessen gedacht, du hättest Oma Krumpfling und Professor Honigschwamm gesehen?“, bohrte er nach.

„Glaubst du etwa, die beiden haben die Pilze in den Koffer getan?“ Egons Augen wurden murmelgroß.

Albi nickte. „So sicher wie dieser Doktor Stecher eine Perücke trägt! Es ist doch gut möglich, dass Oma Krumpfling und Professor Honigschwamm sich im Speicher in den Wandersachen versteckt haben und Papa sie aus Versehen mit eingepackt hat. Aber wenn wir jetzt gleich abreisen, dann finden die beiden nie wieder zurück in die Krumpfburg.“

Herr Artich streckte den Kopf in Albis Zimmer. „Albert, führst du Selbstgespäche?“, fragte er ernst. „Wir sind fertig und möchten abfahren.“

„Ich habe nur laut aufgezählt, dass ich nichts vergesse!“, erklärte Albi. „Damit wir wirklich ALLES, was wir mitgebracht haben auch wieder mit nach Hause nehmen.“

Egon, der sich schnell zwischen den restlichen Blättern des Gummibaums verkrochen hatte, verstand sofort, was ihm sein Freund damit sagen wollte. Er musste Oma Krumpfling und Professor Honigschwamm finden und ihnen mitteilen, dass die Artichs abreisten. Sonst würden die beiden nie mehr zurückkommen! Auch wenn die Chefin immer schimpfte und Egons Lehrer schon viele schlechte Einsen mit Stern verteilt hatte – das wäre doch eine schreckliche Katastrophe für alle Krumpflinge!
„Ich versuche noch ein paar Minuten rauszuschinden", flüsterte ihm Albi zu. „Saus wie der Wind!"

Und Egon sauste! Zuerst raste er in die Küche. Doch dort war die Stimmung viel zu friedlich für die Anwesenheit von Krumpflingen. Monsieur Joseph lobte seinen Lehrling August sogar, weil der das Zitronenrisotto ganz gleichmäßig rührte! Also raste Egon weiter. Das Hotel war ja so riesig! Dass sich die Chefin und sein Lehrer bei anderen Gästen in

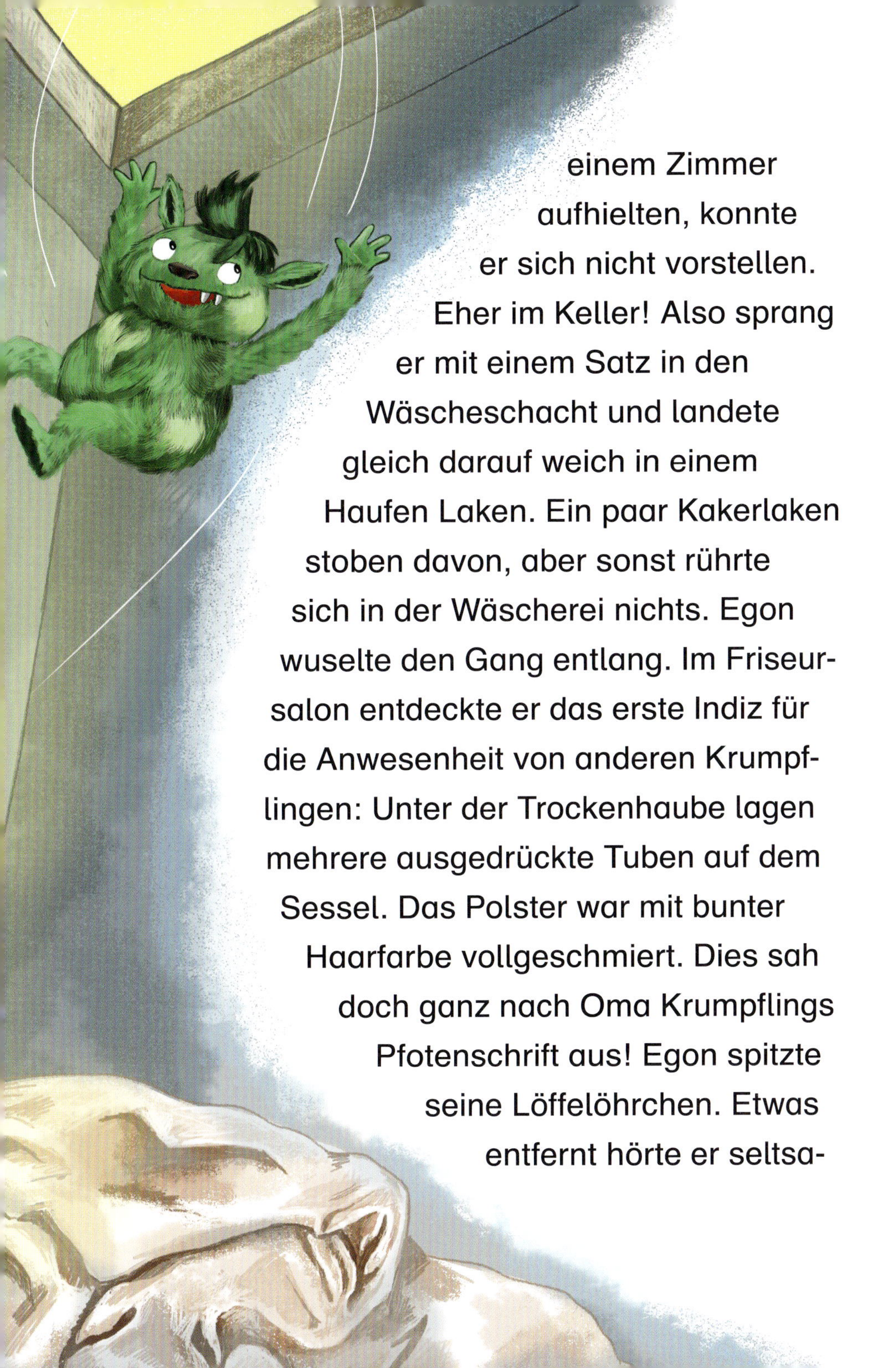

einem Zimmer aufhielten, konnte er sich nicht vorstellen. Eher im Keller! Also sprang er mit einem Satz in den Wäscheschacht und landete gleich darauf weich in einem Haufen Laken. Ein paar Kakerlaken stoben davon, aber sonst rührte sich in der Wäscherei nichts. Egon wuselte den Gang entlang. Im Friseursalon entdeckte er das erste Indiz für die Anwesenheit von anderen Krumpflingen: Unter der Trockenhaube lagen mehrere ausgedrückte Tuben auf dem Sessel. Das Polster war mit bunter Haarfarbe vollgeschmiert. Dies sah doch ganz nach Oma Krumpflings Pfotenschrift aus! Egon spitzte seine Löffelöhrchen. Etwas entfernt hörte er seltsa-

mes Kreischen. Er spurtete dem Geräusch nach. Beim Näherkommen erkannte Egon wirklich die Stimmen von Oma Krumpfling und Professor Honigschwamm. Die Tür zum „Bereich für Heil-Schlamm-Anwendungen“ stand einen Spalt offen. Egon rannte hinein. Zuerst sah er nur eine Art große Badewanne. Davor lagen Oma Krumpflings Kittelschürze und Professor Honigschwamms Bademantel. Mit einem Riesensatz hüpfte Egon auf den Rand … und erstarrte.
„Okrumpokrumpfokrumpf!“, flüsterte er entsetzt. Die Chefin und sein Lehrer plantschten zu zweit in der Wanne herum. Diese war gefüllt mit einer dicken braunen Matsche. Auch die beiden Krumpflinge waren nicht mehr grün, sondern braun wie Pferdeäpfel. Dass sich Oma Krumpfling ihre Haare zuvor regenbogenbunt gefärbt hatte, konnte man nur noch ahnen.
Nun brüllte sie: „Attacke!“, griff sich eine Pfote voller Schlamm und pfefferte sie auf Egons Lehrer. Der wollte sich darunter wegducken, aber Oma Krumpfling traf ihn mitten auf die Brille.

Der Schlamm spritzte in alle Richtungen. „Hast du den Volltreffer gesehen, Professor Schlammschwamm? Hach, konntest du ja leider nicht, haha!“, kreischte sie. Doch da flog schon die nächste Ladung Schlamm – direkt in ihr offenes Maul.

„Jetzt sagst du endlich nichts mehr, Oma Stummling, endlich nichts mehr!“, jubelte Professor Honigschwamm.

Egon nahm sich zusammen. Dass die beiden hier eine Schlammschlacht wie Krumpfkinder machten, war zu peinlich! Aber er musste sie doch retten! Also schrie er: „SOS! Alle Mann an Bord, das Auto und die Artichs reisen ab! Und zwar JETZT GLEICH!“

Dann hielt sich der kleine Krumpfling schnell die Glupschaugen zu. Die Vorstellung, dass die Chefin und sein Lehrer nun nackig aus der Wanne steigen könnten, war doch zu gräulich!

Egon ist ein Held

So erfuhr Egon nie, dass sich Oma Krumpfling einen Schickimickizicken-Bikini aus einem silbernen Topfkratzer gebastelt hatte. Und dass Professor Honigschwamm selbstgestrickte lange Unterhosen unter seinem Bademantel trug, die er niemals, unter keinen Umständen, ablegte! Und so wurde Egon zum Helden, der später sogar einen kleinen Eintrag im großen Geschichtsbuch der Krumpflinge bekam. Und zwar unter R wie „Rettung der Sippenchefin aus dem Wellness-Hotel Stillerhof".

Die beiden aufgescheuchten Krumpflinge in ihrem Schlammbad verstanden nämlich sofort, was der kleine Krumpfling von ihnen wollte. Sie schossen aus der Wanne, warfen sich in ihre Kleider, gaben Egon links und rechts je ein

dickes Schlabberbussi auf die Backen und rasten geradeaus zum Parkplatz. Keine Minute zu früh! Herr Artich schob gerade sein Zelt in den Kofferraum. Jetzt musste Albi es ja nicht mehr verstecken. Dann blickte Bertram nach oben und streckte die Hand, um die Klappe zu schließen.
In diesem Augenblick hüpften Oma Krumpfling und Professor Honigschwamm auf die Ladefläche und ließen sich keuchend zwischen die Taschen fallen.
Aber wo blieb Egon?, überlegte Albi aufgeregt. Der kleine Krumpfling hatte noch eine Klitzekleinigkeit zu erledigen, bevor er kurz darauf zwischen den Turnschuhen von Albi in den hinteren Fußraum kugelte. In den Pfoten hielt er triumphierend zwei haarige Knäuel. Eine Sekunde später startete Herr Artich den Wagen und brauste davon.

Albi brauchte einen Moment, bis er erkannte, was Egon da angeschleppt hatte: Es handelte sich um eine Männerperücke, die auch dem Barbie-Mann Ken gefallen hätte, und eine Omi-Perücke mit weißen Locken!
Jetzt standen Mutti und Wölfchen Stecher ohne Perücken da! Albi musste sich die Hand auf den Mund pressen, um bei der Vorstellung nicht laut loszulachen. Seine Eltern würden das in dieser Situation bestimmt unpassend finden. Aber was war das? Nun kicherte Herr Artich selbst los!
„Ehrlich gesagt, war mir das ganze vornehme Getue sowieso zu blö ..."
„Blasiert!", unterbrach ihn Frau Artich schnell. Dann kicherte sie auch.

„Ich bin wirklich wütend auf diese Frau Hubertus. Mein Albispatz stiehlt doch keine Pilze.“ Sie lächelte Albi über die Schulter warm an. „Wisst ihr was? Die haben ein Rattenproblem in ihrem Hotel. Außen hui, innen pfui! Keine Nacht hätte ich da länger bleiben wollen!“

„Seid ihr gar nicht böse? Wegen der kaputten Sachen?“, fragte Albi vorsichtig.

„Dazu haben wir doch eine Haftpflichtversicherung!“, beruhigte ihn seine Mutter. „Und aus den Pilzen koche ich uns in den nächsten Tagen Suppe. Ich habe sie alle eingepackt … schließlich haben wir sie bezahlt.“

Albi konnte es nicht glauben. „Aber dass ich heimlich Papas Zelt mitgenommen habe, das macht euch sicher wütend?“

„Im Gegenteil!“ Jetzt grinste Herr Artich breit in den Rückspiegel. „Das Zelt brauchen wir doch dringend für unseren Urlaub auf dem Campingplatz am Meer!“

Schöne Ferien!

Lulu wischte sich mit dem Handrücken das Schokoladeneis vom Mund.

„Zu schade, dass Albi nicht hier ist!“, stellte sie fest.

Nach zwei Tagen auf dem Campingplatz war ihr ziemlich langweilig. Bruno hatte sich gleich mit dem gleichaltrigen Mortimer aus Wien angefreundet und fand seine Schwester plötzlich nervig. Und die größeren Kinder sprachen alle Französisch oder Holländisch. Dieses Jahr hatte Lulu echt Pech!

Die Vogelsangs saßen unter den bunten Lampions der Pizzeria. „Du musst es dir fest wünschen, die Augen zudrücken und dabei bis 100 zählen", behauptete Herr Vogelsang. „Wenn Vollmond ist, wird es wahr!"
„Du vegackeierst mich doch wieder, Papi!", meinte Lulu ungläubig.
Doch da sich der Mond gelb wie ein Parmesanlaib hinter einer Wolke hervorschob, kniff Lulu die Augen fest zu. Man konnte schließlich nie wissen. Herr Vogelsang zwinkerte Bruno zu und schleckte heimlich an Lulus Eis. Frau Vogelsang winkte die Artichs heran, die in diesem Moment unter die Pergola traten. Rosalie hatte gleich nach ihrem Rauswurf aus dem Hotel bei ihr angerufen und nach der genauen Adresse gefragt.
Du kannst dir vorstellen, was das für ein Hallo gab, als Lulu „100!", rief und die Augen wieder aufmachte!

In diesem Sommer verbrachten Albi und Egon die schönsten Ferien ihres Lebens! Mit ihrer Lieb-

lingsfreundin Lulu sausten sie barfuß über den Campingplatz zum Kaugummiautomaten. Oder sie sammelten die buntesten Muscheln am Strand. Oder sie bauten sich zwischen den Pinien geheime Lager aus Treibholz. Oder sie tobten zwischen den Wellen im Meer. Oder sie legten sich einfach nur auf den Rücken in den Sand und sahen den Möwen zu ...
Auch Albis Vater genoss den Zelturlaub wie ein kleiner Junge. Frau Artich benutzte die Gemeinschafts-Duschen hingegen tatsächlich nicht gerne. Die restliche Zeit aber saß sie zutiefst entspannt vor ihrem Zelt im Halbschatten und häkelte Topflappen. Tausend, so wie sie vor

ihrem Urlaub behauptet hatte, schaffte sie natürlich nicht – aber immerhin für alle Zeltnachbarn ein Paar! Wolle und Häkelnadel hatte sie sich bei einem Ausflug mit ihrem Bertram nach Venedig gekauft.

Bei diesem romantischen Ausflug waren die beiden allerdings gar nicht zu zweit gewesen, wie sie dachten, sondern zu viert! In seinem Wanderrucksack trug Herr Artich nämlich nicht nur die Regenjacken und Blasenpflaster für den Notfall, sondern auch zwei heimliche Mitreisende. Oma Krumpfling wollte sich die Gelegenheit, die Stadt der Verliebten zu besichtigen, auf keinen Fall entgehen lassen! Was blieb dem armen Professor Honigschwamm da anderes übrig, als

dem Wunsch der Chefin zu gehorchen? Wie froh war er doch, als er am nächsten Tag wieder in Ruhe an seiner Sandburg weiterbauen konnte. Und wie verbrachten die restlichen Krumpflinge ihren Urlaub zu Hause? Dreimal darfst du raten: Ohne ihre Chefin ging es bei ihnen natürlich drunter und drüber. Und das fanden sie allesamt krumpfkugellustig!

„Schaut mal, was ich schon alles erlebt habe: Lauter krumpfgute Abenteuer! Viel Spaß beim Lesen! Euer Egon"

(ISBN 978-3-570-15858-6)

(ISBN 978-3-570-15859-3)

(ISBN 978-3-570-17090-8)

(ISBN 978-3-570-17123-3)

(ISBN 978-3-570-17262-9)

(ISBN 978-3-570-17284-1)

(ISBN 978-3-570-17344-2)